푸른사상
동시선

35

사각사각 내려온다

푸른사상 동시선 35

사각사각 내려온다

인쇄 · 2017년 9월 10일 | 발행 · 2017년 9월 15일

지은이 · 이준섭
펴낸이 · 한봉숙
펴낸곳 · 푸른사상사

주간 · 맹문재 | 편집 · 지순이 | 교정 · 김수란
등록 · 1999년 7월 8일 제2-2876호
주소 · 경기도 파주시 회동길 337-16
대표전화 · 031) 955-9111(2) | 팩시밀리 · 031) 955-9114
이메일 · prun21c@hanmail.net / prunsasang@naver.com
홈페이지 · http://www.prun21c.com

ⓒ 이준섭, 2017

ISBN 979-11-308-1214-4 04810

값 11,000원

사각사각 내려온다

이준섭 동시집

2009년 스포츠 동시집 『운동장 들어올리는 공』을 낸 후 8년 만에 동시집 『사각사각 내려온다』를 내게 되었습니다. 이 동시집을 읽어 줄 어린이들을 생각만 해도 미소가 떠오르고 행복해집니다.

물론 2015년에 『이준섭 동시 선집』이 나왔고, 2016년 첫 동시조집 『꽃구름송이 발로 차며 놀다』가 나왔기에 이 작품집까지 합하면 일곱 번째 동시집입니다. 하지만 처음 책을 냈을 때와 똑같이 설레고 두근두근 심장이 뜁니다.

동시 창작은 시 창작과 마찬가지로 개인적 체험을 언어로 그려 내는 일입니다. 동시 창작의 3요소는 무엇일까요? 관점에 따라 조금씩 다르겠지만 첫째는 새로운 운율이 창조되었는가, 둘째는 새로운 이미지를 창조하여 상상력을 길러 주고 있는가, 셋째는 우리 말의 아름다움을 얼마나 갈고 닦아 보여 주고 있는가, 이렇게 세 가지라고 생각합니다.

이번 동시집에서는 새로운 이미지의 창작에 중점을 두었습니다. 가령 똑같은 사람의 모습을 보더라도 앞에서, 뒤에서, 왼쪽에서, 오른쪽에서, 위에서, 밑에서 보았을 때 다르고, 누워 있는 사람과 걷는 사람, 달려가는 사람…… 다 다를 것입니다. 그러한 차이를 생각하며 새로운 이미지를 동시에 담아내려고 노력했습니다.

동시는 어린이들만 읽는 시가 아닙니다. 어린이부터 노인들까지 읽어야 하는, 독자층이 가장 넓은 넓은 시입니다. 부족하지만 이 동시집이 읽는 사람들 누구나 감동을 받는 책이기를 기대해 봅니다. 그분들이 동시 읽는 시간만이라도 즐겁고 행복한 시간이 되길 빌어 봅니다.

동시를 읽고 누구는 감동을 받는데 누구는 아무 즐거움을 못 느끼기도 합니다. 왜 그럴까요? 언어(말)에 대한 감수성의 차이 때문입니다. 감수성이 예민한 사람은 좋은 시를 읽으면 감동하면서 행복해지는데 그렇지 못한 사람은 재미를 못 느끼게 됩니다. 말에 대한 감수성은 어디에서 올까요? 좋은 글을 꾸준히 읽고 생각하며 써 보는 습관에서 오는 것입니다. 우리글(동시)을 끊임없이 읽고 생각하며 사랑하는 습관이 동시를 읽는 행복감—더 깊은 감동을 안겨 줄 것입니다.

이 동시집 발간에 도움을 주신 분들, 푸른사상사 한봉숙 대표님과 맹문재 선생님, 그림 그리기를 지도해 주신 서울 개봉초등학교 윤승원 교장 선생님, 그림 그려 준 어린이들 모두모두 감사합니다.

2017년 가을
이준섭 씀

| 차례 |

제1부 초록 물줄기 타고 빛구슬로 튀는 물고기

제2부 꽃구름 위에 오방색 하늘 피어오른다

| 차례 |

제3부 끝없이 머나먼 엄마의 가슴속으로

제4부 하늘을 감아 올리다 하늘이 되어 내려오는

| 차례 |

제5부 오늘도 푸른 꿈을 칭칭 높이 펴는 담쟁이

금지민(개봉초 6학년)

한 교실 올망졸망 아이들처럼 한 두렁 텃밭 교실

초록 물줄기 타고
빛구슬로 튀는 물고기

초록 잎 분수

용문산 은행나무는 초록 잎 분수
초록 분숫물 솟구쳐 하늘 닿겠다

초록 잎이 물비늘로 반짝이다
반짝반짝 하늘 안고 내려온다

천오백 년* 전 초록 잎 꿈줄기가
하늘을 오르내리며 반짝반짝

초록 물줄기 타고 반짝이다가
빛구슬로 튀어내리는 물고기들!

* 천오백 년 : 약 1,500년 전 신라 경순왕의 세자 마의태자가 금강산 가는 길에 은
  행나무를 심었다는 이야기가 전해 오고 있음.

우성빈(개봉초 6학년)

편백나무 숲에서

초록 나라 톱밥 길을 사분사분 걸어간다
하늘길이 이처럼 폭신폭신 안아 줄까

갈수록 힘 솟는 발길
엄마 품에 안겨 간다

숲 속 흐르는 초록 물소리
초록 나라 동동 뜬다

초록 바람 타고
몸에 칭칭 감기는 피톤치드

걷다가 가벼워져 나도 몰래
나무 사이 날아갈 듯

오를수록 깊은 숲길 풀피리 고운 음악
메아리쳐 들려오고
초록 실낱 감겨 오고

초록빛 출렁이는 물결 속
꿈물결이 콰아알, 콸.

김연성(개봉초 6학년)

한 두렁 텃밭

아파트 앞 한 두렁 텃밭

고추 심고
상추 심고
아욱 심고
오이 심고
부추 심고
박, 호박 심고
토마토도 심고

한 교실 올망졸망 아이들처럼
한 두렁 텃밭 교실
올망졸망 초록 꿈 자라는 교실
조금씩 많이도 심었네!

상추, 아욱 초록 꿈 넓게 펼쳐 가고
고추, 토마토 주렁주렁 열려 붉어 가고
호박잎의 초록 꿈은 동글동글 자라 가고

오이 넝쿨 기다란 줄 타고 주렁주렁 올라간다
박 넝쿨도 나뭇가지 타고 높이높이 올라간다

우리 집 앞 한 두렁 텃밭은
초록 꿈이 터져 나는 시골 농장 되었다.

초록빛 메아리의 하모니

새봄 맞이 할머니께서
스치로폼 박스에 흙 가득 채워
상추 씨 뿌려 두었다

깜박 잊고 있다
보름쯤 뒤 옥상에 오르자
총총총 모여 앉아 불어 대는
연둣빛 나팔 소리

연둣빛 나팔 소리
초록빛 메아리로
햇살 타고 오르내린다
너무도 귀엽고 사랑스러운
봄의 하모니야!

할머니, 할머니
빨리 오셔서
연둣빛 나팔소리 들어 보세요.

서의정(개봉초 6학년)

멀리멀리 날아가는 산수유 꽃

산수유 꽃은 내 짝꿍 김아롱 같은 꽃
산에 들에 쏘다니다가 갑자기 나타나
웃음꽃 꽃피우며 아롱아롱 다가오는 꽃
담쏙 껴안아 줄 듯 볼수록 더 반가운 꽃

산수유 꽃은 우리 반 짝꿍 녀석들 웃음꽃
교실에서 운동장에서도 어우러져 잘 놀듯
손에 손 잡고 뒹굴다가 까르르 웃고 있는 꽃
황금빛 날개로 멀리멀리 날아가는 우리들 꽃.

김범준(개봉초 6학년)

봄꿈 활짝 피어난 마을

— 청운동에서

담양군 대덕면 청운동 산골짜기
산봉우리 사이 맑은 물길 흐르는 소리
'야, 물소리 너무도 정다워라'
뒤따르는 중실이 감탄사 쏟아 내고
'나뭇잎 좀 봐요, 초록빛이 얼마나 이뻐요'
이쁘다는 소리 들었는지
나무들 연초록 잎으로
새봄의 놀라운 기쁨 연방 터뜨리고

돌담길 빨래터엔 개구리 헤엄치고
'옛 빨래터 보셨어요? 맑은 물 흐르는'
총총총 매화나무 매실들 송알송알
'매실로 이 마을 사람들 장수하겠어요'
'이 마을엔 90살 넘은 노인들 농사일하죠'
초록 잎 우거져 일렁이는 나뭇가지들
농부님들 웃음꽃이 활짝 피어나고
그 위엔 빛 부신 봄꽃도 활짝 피어나고.

합창단 노랫소리 속에는

어린이 합창단 노랫소리 속에는
산 메아리가 울려 퍼진다
어린이 합창단 노랫소리 속에는
무지개 빛물결 물결친다

똑같이 입 쫘악 벌려 울려 퍼지는 하모니 속에는
산골짝 물 물구슬이 쪼르르르 굴러온다
똑같이 입 함박함박 웃으며 부르는 노래 속에는
초록빛 나뭇잎들 초롱초롱 팔랑거린다

아, 합창단의 아름다운 하모니 속에는
저 하늘 파랑새들이 꽃봉오리 오르내리다
5월의 푸른 숲을 날아다니고 있구나.

노오란 개나리꽃 그늘 아래

노오란 개나리꽃 그늘 아래
해솔이와 한결이가 꽃처럼 활짝 웃으며 가볍게 걷고 있습니다
안양천 물줄기도 천변 따라 가볍게 흐르고 있습니다

해솔이와 한결이가 뛰어다니며 놉니다
신나게 뛰어다니다가 뒹굴면서 놉니다
노오란 개나리꽃 그늘 위에는 목련꽃 활짝 피어 있고
연분홍 벚꽃들도 활짝 피어 쫑알거리며 웃고 있습니다

노오란 개나리꽃 위로 해솔이와 한결이가
웃으며 신나게 뛰어다니다 날아다니며 놀고 있습니다
벙글벙글 꽃송이들처럼 웃으며 꽃바람을 폴폴 날리며
울긋불긋 꽃송이 되어 하늘을 날아다니고 있습니다
꽃바람은 나비 되어 날아다니면서,
꽃바람에 안긴 아이들에게도 날개를 달아 주었습니다.

박정현(개봉초 6학년)

벚꽃 열차

진해 군항제 축제 물결 이어진 벚꽃 열차
북소리 울려 퍼지는
벚꽃 싣고 달립니다
산골짝 흐르는 맑은 물도 싣고 달립니다

새하얀 눈꽃 같은
꽃송이들 흩날릴 듯
산골 마을 봄꿈을 가득 싣고 달립니다
달리자 북쪽으로 달리자
남쪽 꽃잎 한아름 안고

하느님의 솜사탕
칸칸마다 가득 싣고
북으로 달려가는
차창에는 웃음꽃 활짝
연둣빛 봄꿈 속으로
달려가는 벚꽃 열차.

김태곤(개봉초 6학년)

두릅 순 따기

새봄엔 할머니 건강 위해 두릅 순 따러 가자
가지마다 가시들 총총 돋은 가시나무로구나
두꺼운 장갑 끼고 조심조심 두릅 순 따러 가자

위장에 좋고 당뇨에도 좋은 두릅 순
우리들의 건강 두루 챙겨 주는 두릅 순
한아름 종합 비타민 같은 두릅 순 따러 가자

우리 가족 건강 위해 두릅 순 따러 가자
봄나물 입에 물고 봄의 꽃 옆에 끼고
신나게 봄노래 부르며 두릅 순 따러 가자

5월은 초록빛 궁전

5월은 초록빛 궁전
바람 부는 날 궁전은
초록 잎 따라 흔들리다
나뭇가지 올라타고
높푸른 저 하늘 올라간다
초록빛 꿈 한아름 안고

나뭇가지 앉은 궁전
두둥둥 북소리에
초록 동굴 열리자
눈부신 초록빛 꿈에
두 날개 활짝 편 하늘
초록 잎 타고 내려온다.

4월 함박눈꽃

한겨울 함박눈 쏟아지듯
4월 중순 봄꽃송이 쏟아진다

바람결에 흩날리는 함박눈꽃은
전학 간 수민이의 그리움일까

바람결에 설레이는 함박눈꽃은
전학 온 수지의 그리움일까

전학 간 수민이의 그리움이 피어남이다
전학 온 수지의 그리움도 피어남이다

한겨울 함박눈이 포옥 폭 쌓이듯
함박눈꽃 쌓이는 4월 한낮

전학 간 수민이 그리움에
전학 온 수지의 낯설음에
사랑과 그리움에 흩날리며
파란 하늘을 빛나게 수놓는다.

손아원(개봉초 6학년)

물으로 가서 흙놀이하고 싶어요

제2부

꽃구름 위에
오방색 하늘 피어오른다

봄 산

봄 산은 꿈자락이다

이 골짜기엔 연분홍 꿈자락
저 골짜기엔 새하얀 꿈자락

이쪽 능선엔 연둣빛 꿈자락
저쪽 능선엔 샛노란 꿈자락

봄 산은 울긋불긋 꿈자락 펼쳐 놓고
꿈자락 끌고 산봉우리 올라가고 있다
신나게 싱글벙글 웃으며 올라가고 있다.

이수경(개봉초 5학년)

비눗방울 타고 하늘 올라가는 텐트

오늘은 5월 8일 어버이날
할머니 할아버지 모시고
난지 텐트촌에 엄마 아빠 따라 갔습니다

10시 45분쯤 도착했을 땐 텐트촌마다
가족들끼리 온 사람들이 까르르 깔깔
모처럼 만난 이모랑 고모랑 동생들이랑
연방 까르르, 까르르 깔깔 까르르 깔깔

12시 지나니까 텐트마다 달아 오른 불판에
삼겹살 굽는 연기며 내음으로 텐트촌이 떠오르고
동생들이 불어 대는 비눗방울들이 멀리멀리 날아갑니다
여기저기서 불어 대는 비눗방울들이 텐트를 싣고
저 높푸른 5월 하늘을 천천히 올라가고 있습니다

아, 어느덧 하늘을 흔들며 노는 연 꼬리들도 내려와
텐트촌에 넘쳐나는 할머니 할아버지 웃음꽃을
엄마 아빠 이모 이모부 고모 고모부 얘기꽃을
우리들 비눗방울의 행복도 싣고 날아가고 있습니다

우리들 꿈송이 같은 아주 커다란 비눗방울에 텐트를 싣고
높푸른 하늘로 둥실둥실 두둥실 올라가고 있습니다.

김가현(개봉초 6학년)

쌍무지개 뜬 한옥마을

한여름 장마철 문득 비친 햇살로
한옥마을에 쌍무지개 떴습니다.
두 손 든 아이들의 큰 소리처럼 떴습니다

지붕 위 들떠서 싱글거리는 기와들도
기뻐서 들썩거리는 아이들처럼
좋아서 연방 싱글벙글 벙글거립니다

쌍무지개 뜬 한옥마을의 아이들도 어른들도
흩날려, 흩날리는 햇살 가루를 주우면서
넘쳐나, 넘쳐나는 하늘 자락을 감으면서
무지개 꿈자락 가슴에 칭칭 동여매고 있습니다.

새 세상 꿈꾸는 물

― 소금강에서

맑은 물,
새하얀 물,
초록빛 물

물은 자연의 깊은 길 따라 헤엄치는 어린이
낭떠러지에서도 두려움없이 뛰어내리는 어린이
연못 속 푸른 하늘에서 툼벙거리는 귀연 어린이

귀연 물,
빙빙 도는 물,
깔깔 웃는 물,
속꽂이*하는 물

사랑하는 물은 자연의 물길 따라 흐르는 어린이
깊고 깊은 물길에서 무서움 없이 헤엄치는 어린이
물구슬 흘러다니며 새 세상을 꿈꾸는 어린이들.

* 속꽂이 : 물 속으로 머리를 박으며 곧바로 들어가는 일. 다이빙의 순우리말.

새콤달콤 맛있어요

우리 집 울타리 곁 앵두나무
보석처럼 빨갛게 익은 앵두나무
가지마다 다닥다닥 붙은 앵두알
송알송알 이슬 같은 앵두 열매
입안에 굴리면 새콤달콤 맛있어요

아빠께서 가지 굽혀 내려 주시면
앵두 따서 목에 걸고 공주처럼
으스대며 자랑하며 신이 나요
보석보다 고운 앵두 따 담으며
입안에 굴리면 새콤달콤 맛있어요.

정지은(개봉초 5학년)

오방색 하늘 피어오르는 백두산

— 백두산 천지연에서

와, 하늘이 겹겹 쌓여 있었구나
새하얀 꿈물결이 일렁거리고 있었구나
아, 드디어 할아버지와 나도 백두산 천지연에 섰구나
할아버지도 나도 가슴이 두근거리고 있었구나

하늘보다 푸른 물결, 하늘보다 깊은 물결
푸르다 푸르다 못해 검푸른 물결
백두산이 새하얀 꿈결로 출렁거리는구나
천지연이 검푸른 물결로 일렁거리는구나

백두산 빙 둘러 하얀 바위
백두산 빙 둘러 붉은 바위
백두산 빙 둘러 황금 바위
백두산 빙 둘러 푸른 바위
백두산 빙 둘러 검은 바위

빙 둘러 오색 깃발 팔랑팔랑
태극기도 팔랑팔랑 펄렁펄렁
산봉우리엔 꽃구름 연방 피어오르고
꽃구름 위엔 오방색 하늘 피어오른다.
못 보고 죽을 백두산을 보고 죽게 되어
할아버지 가슴이 연방 쿵쾅거린다 하신다.

거인들이 사는 나라
— 만물상에서

우거지는 초록 잎 뒤에 숨어 사는 나라
우뚝, 하늘 닿을 듯한 거인들이 사는 나라
걸리버 여행기 거인들보다 더 큰 거인 나라
한 사람씩 나타나며 너털웃음을 날리는구나

지구 나라 너희들 핵무기를 아무리 자랑해도
내 주먹 한 방이면 핵무기도 날려 버리리라.
초록 잎 타고 뒹굴면서 반짝거리는 너털웃음들
골짝마다 초록 물길에 너털웃음꽃 피어난다.
바위마다 초록 이끼 피어 새 세상 안고 산다

반짝거리는 초록 잎 뒤에 문득 나타나는 거인들
터트리는 웃음꽃이 골짝마다 폭포 되어 흘러가
우리들 좁은 가슴을 싸늘하게 감싸고 날아간다
날아가다 솔씨 안고 바위틈에 뿌리내려 키워 준다.

새 하늘을 하나씩 품어 안고 행복하게 가꾸며
새 세상 만들려는 부푼 꿈을 안고 아래로만
뒹굴다, 부딪치며, 고꾸라지고, 갈라지고, 터지며
우리들의 새 세상 열리는 날을 기도하고 있구나
초록 숲 나라 온 누리에 열리길 기도하고 있구나.

홍다언(개봉초 6학년)

천둥 칠 때

콰쾅, 콰쾅, 쾅쾅쾅!
크르릉, 크르릉, 쿵콰쾅!
푸르릉, 푸르릉, 푸르르!

때린다
부순다
살라 낸다

코르릉 코르릉 쾅쾅쾅!
투타탕 투타탕 텅텅텅!
쉐르릉 쉐르릉 브르르!

아직도 까만 하늘
때려 부숴
우리들 해님 살려 내고 있다.

별꽃 쏟아지는 바다

— 광안리 축제 날 밤에

푸르릉, 푸르릉, 팡팡!
파팡팡, 팡팡팡!
바닷가 모래밭에 들어서자
별꽃을 마구 터트리는 바다

어둔 바다 어선에서
밤하늘의 별빛 위에
푸르릉 푸르릉 팡팡!
파팡팡 팡팡팡!
뿜어져 나오는 별꽃들

후르릉, 후르릉, 송송!
퍼펑펑 펑펑펑!
별빛처럼 많은 별꽃 탑 쌓아 놓고
별꽃 탑 무너뜨릴 때
울려 퍼지는 별꽃 축포
하늘도 온통 별꽃 쏟아지고 있어요.

힘을 쏟아 내는 폭포
— 천지연 폭포에서

백두산 검푸른 물이
새하얀 꿈물결로 흘러내린다

우렁찬 큰 소리 한세상 일깨우며 흘러내린다
새하얀 꿈물결이 큰 소리로 흘러 흘러내린다

가장 우렁찬 힘이 되어 쏟아져 내린다
우리 민족의 우렁찬 힘이 쏟아져 내린다

가장 강한 통일 한국이 되어 쏟아져 내린다
아주 커다란 물줄기 줄기줄기 흘러내린다

흐르다 뜨거운 온천물이 되어 솟구쳐 오른다
이 나라 구석구석 안 보이는 구석까지 흘러
온 마을 구석구석 스며들어 따스한 손길 된다

따스한 손길 잡고 흐르다가 뜨거운 힘이 되어
흘러 흘러 가장 강한 힘이 되어 쏟아져 내리고 있다
내 가슴 칭칭 감고 도는 할아버지 소망의 힘이여.

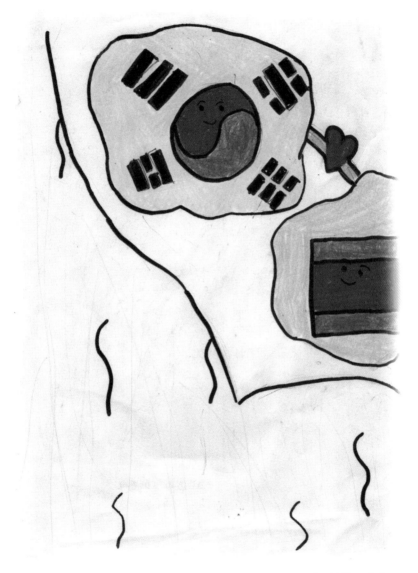

박소영(개봉초 6학년)

햇살가루로 감탄사 쏟아 내는 폭포
— 한여름 구곡폭포에서

와, 하늘에서 한꺼번에 쏟아져 내리는 분숫물!
해를 깨뜨리고 깨뜨려서 햇살가루 흩날린다
해는 원자폭탄, 수소폭탄에도 안 깨뜨려지지만
반짝거리며 흘러내리는 물줄기에 깨어져 가루 되어
우리들 세상을 밝혀 줄 무지개 꿈자락으로 흩날린다
터져 나는 감탄사로 들뜬 우리들 온몸 안고 오른다

와, 높이높이 흩날리다 물고기 되는 분숫물!
솟구쳐 오르다 튀어 내리며 반짝반짝 번쩍번쩍
눈부신, 감탄사를 온 누리 넘쳐나게 쏟아 내며
햇살가루 터트려 만든 무지개꽃 우리들에게 안겨 준다
터져나는 새희망, 연방 피어나는 웃음꽃도 안겨 준다
햇살가루로 감탄사 쏟아 내는 분숫물 보러 폭포에 가자.

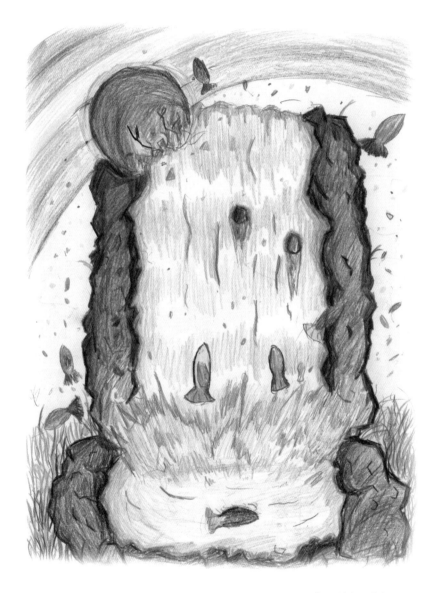

김두곤(개봉초 6학년)

개웅산 아카시아 꽃

초여름밤 엄마와 함께 개웅산 오르면
하늘 닿은 듯한 아카시아 나무들
새하얘 더 향긋한 꽃송이
숭얼숭얼 피었어요

개웅산은 아카시아 꽃향기에 흠뻑 젖어
달을 안고 자장가 노래하듯 한들한들
달빛을 타고 흐르는 향기
금구슬로 굴러와요

꽃향기 흠뻑 젖은 달님도
노란 수실 늘어뜨려
낚시꾼이 낚시로 물고기 낚아 올리듯
한 송이씩 낚아 올리며
달나라로 올라가요.

고물고물 조막섬들

파도 따라 큰 소리로 오르내리는
저 신난 모습

새파란 물결 따라 뛰어노는
조막섬을 봐 주세요

물놀이에 신이 난
귀연 모습 바라보면
고물고물 조막섬들
손을 들고 외쳐 댄다

우리들도
뭍으로 가서
흙놀이하고 싶어요!
모두 모여 고물고물
물너울로 외쳐 대고 있어요.

초롱초롱 새 생각을 하나씩 풍선으로 띄우며

제3부

끝없이 머나먼

엄마의 가슴속으로

태풍이 올려 놓은 가을 하늘

태풍 '곤파스'
무서운 비바람 몰아와
다 익은 벼들 거의 다 쓰러뜨리고
다 익은 과일 거의 다 떨어뜨리고
가로수들도 거의 다 쓰러뜨리고

션찮은 둑 무너뜨리고
션찮은 축대도 무너뜨리고
등산길 아름드리나무들도 쓰러뜨리고

너무도 많이 많이
떨어뜨리고
쓰러뜨리고
무너뜨리다
너무도 많이 많이 미안했나 봐

높이높이 올려 놓은 높푸른 가을 하늘!
송이송이 피워 놓은 새하얀 꽃구름송이!

정용준(개봉초 6학년)

꽃구름 안겨 주는 새 나라

저 높푸른 하늘 오르려
발돋움하다 보면
이 세상을 초록으로 물들이려
꿈꾸다 보면
우리들도 억새처럼 하늘 높이로
쑥쑥 자라날까

바람 따라 이리저리 흔들리며
인사하며
우리들 반겨 주는
억새꽃이 더 새하얗게
꽃구름 한 다발씩 안겨 주며
새 나라로 데려간다.

날아가는 가을 하늘

티끌 하나 없이
끝없이 높고 푸른 가을 하늘

이렇게도 커다랗고 커다란 하늘 도화지에
새를 그릴까 꽃구름을 그릴까
엄마 얼굴을 그려 볼까

이 세상 가장 높고 푸른 하늘로
우리나라 가장 축복받은 날
사람들이 가장 행복한 날

저렇게도 높고 푸른 하늘이
내 몸을 푸른 꿈으로 감싸 안고
끝없이 머나먼 엄마의 가슴속으로
멀리멀리 날아가고 있어라.

불꽃놀이

밤하늘에
기쁨의 큰 소리들 하늘 올라가
반짝거리다가 빛의 꽃송이를 피우고 있다

별밤에
힘찬 박수 소리들 하늘 올라가
반짝거리다가 꿈의 꽃송이들 터트리고 있다.

꽃송이
이 세상 가장 눈부시고 화려하게
시들지 않고 무지개로 다시 피어나는 불꽃송이여!

어둠 속
우리 세상을 더 아름답게 꽃피우며
우리 모두의 꿈빛으로 넘쳐나며 터져 나고 있구나.

김지향(개봉초 6학년)

태극기와 꽃송이로 살아난 어린이

— 4 · 19 국립묘지에서

1960년 4월 19일 독재 정권의 장기 집권에
태극기로 민주주의를 외치며 일어섰던
대학생들을 따라 서울 시내를 바람처럼
달려가는 형들을 따라 가는 어린이 둘

임종성 : 열한 살 서울 종암초등학교 4학년
전한승 : 열세 살 서울 수송초등학교 6학년

너무도 일찍 우리 민주주의의 소중함을 알고
너무도 일찍 따라나섰던 어린이 둘 외치다
외쳐 대다 아우성치다 그렇게 쓰러져 못 일어나고
우리처럼 어린 나이에 그렇게 별이 되어 가다니

임종성 : 열한 살 서울 종암초등학교 4학년
전한승 : 열세 살 서울 수송초등학교 6학년

아, 민주주의는 이렇게 주검으로 얻어졌구나

그렇게도 어린 아이부터 학생 청년 노인들까지
새빨간 피 흘려 태어난 하늘보다 높은 민주주의
모두 풀잎으로 다시 살아나 태극기를 세웠구나

임종성 : 열한 살 서울 종암초등학교 4학년
전한승 : 열세 살 서울 수송초등학교 6학년

하늘보다 높고 바다보다 깊은 우리나라 민주주의
어린이 둘 그 큰 외침이 오늘도 살아 메아리친다
어린이 둘 그 핏물이 오늘도 살아 꽃송이 피웠구나
어린이 둘 그 큰 슬픔이 아직도 살아 태극기 세웠구나.

사각사각 내려온다

― 명성산 자락에서

쌓인 눈 사각사각
신나게 밟고 놀듯

흰구름 흐르는
억새 물결 타고 놀다

날을 듯
쌓인 낙엽 밟고
사각사각 내려온다.

이윤서(개봉초 5학년)

개웅산 단풍 길

마법의 양탄자 같은
개웅산의 단풍 길

울긋불긋 아름다워요
아롱다롱 방울져요

양탄자 타고 푸른 하늘로
날아가고 싶어요

참나뭇잎 갈참나뭇잎
아기단풍 단풍나뭇잎

개웅산 단풍 길은
꽃밭보다 예뻐요

양탄자 포로롱 타고
하늘 길 빙빙 돌지요.

웃음꽃

이제 막 돌 지난 내 동생 한결이
밝고 곱게 피어나는 웃음꽃 송이

조금 자고 일어나서도 웃고 또 웃고
우유 조금 먹고 나서도 웃고 또 웃고

우리 집 한결이는 하루 종일 내내
웃고 웃고 또 웃으며 가슴에 안긴다

내 동생 한결이 따라 웃고 웃다 보면
내 마음도 웃음꽃 펴 사랑 넘쳐난다.

사랑의 하트 손톱

우리 엄마 손톱은 예쁘기도 하여라
봉숭아꽃 물들인 것처럼 어여뻐라
밥해 주고 빨래해 주고
머리 쓰다듬어 주시고

엄마께 너무도 감사하고 미안하고 고마워서
엄마 손을 어루만져 보다 사랑스러워해 보다
나의 볼에 대고
언제까지나 비벼 볼수록

"요 녀석, 징그러워, 오늘 따라 왜 이래!"
엄마 손은 예쁘고 어여쁘고 따스하여라
우리 엄마 열 손톱마다
사랑의 하트가 눈부셔라.

오은지(개봉초 5학년)

초롱초롱 느티나무

운동장 느티나무 숲은
우리들의 신나는 놀이터

초롱초롱 초록 별 반짝이다
아기 눈빛 되어 초롱초롱

바람결 따라 흔들리며 웃으며
초롱초롱 잎이 반짝인다

그 초록 별 사이를 거닐다 보면
우리들도 초록 별 되어
초롱초롱 반짝인다

초롱초롱 새 생각을
하나씩 풍선으로 띄우며
우리들은 초록 숲길 거닐고 있다.

하예인(개봉초 5학년)

고래는 힘이다

고래는 힘, 시원한 힘이다
초록빛 물결 속 헤엄치다
바닷물을 뿜어 올리는
눈부신 분숫물

고래는 힘, 신나는 힘이다
깊고 깊은 바닷물을 브리칭*해
높이높이 하늘 닿도록
솟구쳐 오른다

물길 따라 이리저리 꿈틀꿈틀
출렁출렁 파도 따라 꿈틀꿈틀
커다란 칼날처럼 물살 가르는
고래의 힘!

* 브리칭 : 고래가 물속에서 수면 밖으로 높이 뛰어오르는 일.

설악산 산봉우리들

설악산 산봉우리들은 바디 선수다.
꿈틀꿈틀 바디 선수들이 모여 서서
울퉁불퉁 근육 자랑을 하고 있다
바디 선수들이 산봉우리들처럼
서로들 올라서려 얼굴을 내밀며
꿈틀꿈틀 힘 자랑을 하고 있다

산봉우리 하나 불끈 들어 옮길
힘에 힘을 더해 솟아오르고 있다
산봉우리들이 더 높이 솟아오를 듯
겹겹 서로 깨금발로 얼굴 내밀며
꿈틀꿈틀 큰 힘 자랑을 하고 있다
울퉁불퉁 근육 자랑을 하고 있다.

푸두덩 푸두덩
— 4월의 안양천에서

한강에서 내려오는 안양천에 4월 오면
얕은 물속 수초 사이 팔뚝만 한 잉어 떼
쉬리링, 쉬리링, 물살 거슬러 가르며
푸두덩! 푸두덩! 서로들 힘 자랑이다

꼬리에 꼬리 물고 아홉 마리 올라오며
푸르릉 푸르릉 뛰어올라 앞 잉어 올라타며
휘리링 휘리링 뛰어올라 앞 잉어 건너뛰며
푸두덩! 푸두덩! 힘 자랑이 한창이다

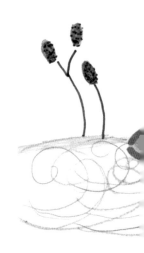

힘 자랑에 힘 넘친 잉어 떼 뛰어오름에
굴러오는 빛구슬들 안양천의 꽃잎이다
푸두덩, 푸두덩 울려 퍼져 터져 나는 물소리
푸두덩! 푸두덩! 힘 자랑이 한창이다.

오지윤(개봉초 5학년)

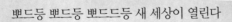

뽀드등 뽀드등 뽀드드등 새 세상이 열린다

제4부

하늘을 감아 올리다
하늘 되어 내려오는

발톱 매니큐어

버스 타고 가면서 만난 발톱 매니큐어 예쁜 누나
예쁜 구두 밖으로 돋보이는 예쁜 매니큐어 발톱
청록색, 빨간색, 노란색, 은회색, 검정색 다섯 발톱
손톱도 매니큐어 어려운데 발톱까지 예쁜 매니큐어
나도야 누나처럼 손톱 발톱에 매니큐어 칠하고 싶어
버스 탈 때, 전철 탈 때도 오방색 발톱 매니큐어 뽐내리
하얀색, 붉은색, 황금색, 푸른색, 검은색 물들여 뽐내리
이 예쁜 손톱도 오방색 매니큐어 짙게 칠하고 뽐내리
가는 곳, 사람들 모인 곳곳 우리나라 오방색 빛나리
외국 사람들에도 오방색 매니큐어 손톱 발톱 자랑하리.

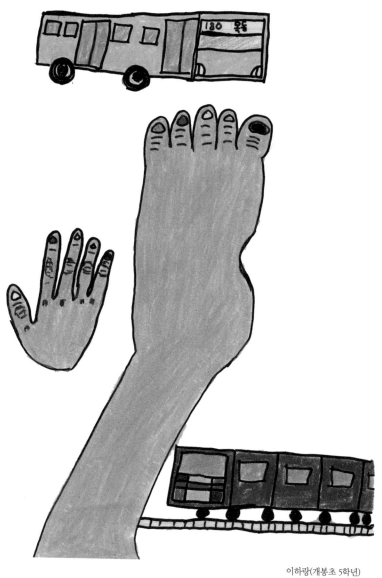

이하랑(개봉초 5학년)

조심조심 걷는 눈꽃 나라

할아버지 따라 개웅산 한 바퀴 도는 길
겨울나무 가지마다 눈꽃 활짝 피었어요
좋구나
정말 좋구나
산속 환한 눈나라가

산속은 새하얀 눈꽃 나라
강아지가 밟고 간 길을 따라
뽀르르 뽀르르 첫 길을 내며
눈나라 눈꽃 송이에 안겨
뽀르릉 뽀르르릉 눈길을 걸어요

할아버지께서 내가 미끄러질까 봐
조심조심 걸어라 타이르시는 길
나는 할아버지께서 미끄러질까 봐
조심조심 걸으시라 당부하는 길.

권서현(개봉초 5학년)

하늘 감아 올리다 하늘 되어 내려오는

스키점프 선수 발에
날개 달았나 봐
빨리 달리다
날개를 쫘악 펴고 날아가
와아야, 30미터 정도나 날아가
새처럼 내려앉는

날아가는 걸
유심히 바라보면 보인다
스키 날개에 칭칭 감아 올리는
푸른 하늘
하늘을 감아 올리다
하늘 되어 내려오는.

사뿐사뿐 놀 수 있는 눈

올겨울엔
한 달이 넘도록 오래 남은 눈
온 세상을
새하얗게 밝혀주는 고마운 눈

신난다
새하얀 눈꽃 송이로
사뿐사뿐 놀 수 있어.

쩌렁쩌렁 봄 오는 소리

한겨울 산골짝 얼음 절벽 타는 아이
밧줄 허리에 감고 오르내리는 아이
얼음벽에 칼날신발 쩡, 쩡 찍을 때마다
쩌렁쩌렁 쩌르릉 한겨울 무너지는 소리

얼음벽 쩌르릉, 쩌르릉 무너져 내리며
새하얀 입김 속에 새봄이 오는 소리
얼음 절벽 쩡쩡, 땀방울로 흘러내리며
저 멀리 샛노란 봄 쩌렁쩌렁 오는 소리

변수민(개봉초 5학년)

새하얀 새 세상

눈이 발 높이로 쌓인
등산길 오른다
뽀드등 뽀드드등
눈 밟는 소리로 오른다
내림길 미끄럼도 타며
신나게 오르내린다

끝없이 이어진 길
새하얀 눈밭 길을
뽀드등 뽀드드등
음악 소리 발맞추며
이마에 흐르는 땀방울
훔쳐 내며 올라간다

새하얀 눈밭 속을
음악에 맞추어 걷다
눈밭 속 눈사람 되어
눈꽃 송이 흩날리면

뽀드등 뽀드등 뽀드드등
새 세상이 열린다.

송현진(개봉초 5학년)

한겨울 복면 강도 떼

귀마개 쓰고,
마스크 쓰고,
겨울 모자 눌러쓰고
한겨울 등산길 올라오는 사람들
두 눈만 탱글탱글
살아 움직이는 빛이 산봉우릴 다그친다

무엇을 훔치러 몰려올까
한 줄로 서서 쌕쌕거리며
한겨울 속 뭐 훔칠 게 있다고
다 벗은 나무들은 덜덜덜 떨고 있고
산토끼들도 동굴에서 덜덜덜 떨고 있고
나무들, 풀잎들도 실뿌리 톡톡 불거진 채 떨고 있는데

아, 이제야 알겠다
한겨울 복면 강도들은
강추위 속 봄을
봄의 예쁜 꿈을
품고 가려 몰려오나 보다.

꿈틀꿈틀 산봉우리들

해발 1,119미터의 민둥산 산봉우리
그 위의 멀리 머얼리 산봉우리들
꿈틀꿈틀 돌고 있는 산 능선 따라
산봉우리들이 꿈틀꿈틀 힘 자랑하고 있다

햇살 안고 밝게 웃으며 꿈틀거리는 산봉우리들 몇
구름 속에서 햇살 받으려 꿈틀거리는 산봉우리들 몇
안개꽃 두르고 방글방글 웃으며 오는 산봉우리들 몇

산봉우리들이 돌리네* 안아 주려고 꿈틀꿈틀 오고 있다
들뜬 마음으로 바라보는 나도 안아 주련듯 꿈틀꿈틀
민둥산의 우리들을 담쏙 안아 줄 듯 두 팔이 꿈틀꿈틀

* 돌리네 : 깊은 구멍.

꽃다발로 오신 할아버지

50년 동안이나 동시 쓰시며
동시 작품에 묻혀 사시는
우리 할아버지

어느 날 문득 문학상 받으신다기
가족들 시상식장 몰려갔다가
박수 치며 즐거워하다
모처럼 신나게 떠들다가
집에 오자마자 잠들었더니

다음날 깨어 보니
할아버지 여행 가시고
한겨울 화려한 꽃다발들만
웃음꽃 향내음 쏟아 내고 있다
재잘재잘 박수 소리 들려오고 있다
할아버지 너털웃음 터뜨리고 있다.

박나림(개봉초 5학년)

늙은 아들과 더 늙은 아버지

목욕탕에서
늙은 아들이 더 늙은 아버지 모셔
때수건으로 아버지 등을 밀어 드립니다
아프지 않게 살살 밀어 드립니다.
등 밀고 앞가슴, 엉덩이…… 발바닥까지
빠짐없이 구석구석 밀어 드립니다
하얀 턱수염도 조심조심 밀어 드립니다

한구석에서
때밀기를 마친 아버지, 때수건으로
아들의 등을 밀어 주고 있습니다.
없는 힘 다 모아 입을 앙당 물고
사랑하는 마음을 다 모아 천천히
등을 어루만지듯 밀어 주고 있습니다
때수건 벗고 어루만져 주고 있습니다.

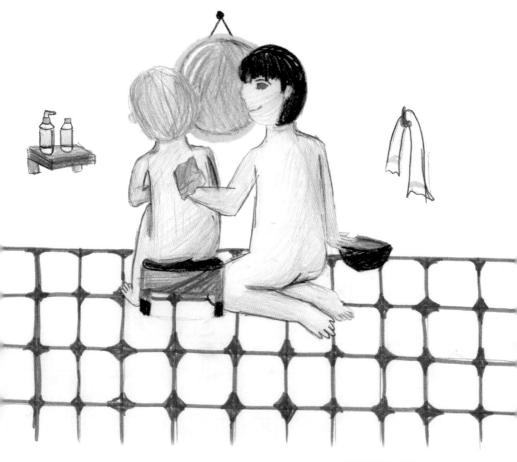

고은수(개봉초 5학년)

우리나라 강가 풀잎들 그 억센 뿌리들의 힘

제5부

오늘도 푸른 꿈을
칭칭 높이 펴는 담쟁이

우리 할머니

할머니 할머니 우리 할머니
새벽마다 골목길 돌고 돌며
빈 병 주워 모으시는 우리 할머니

할머니 할머니 우리 할머니
한 주일 내내 모은 빈 병
리어카에 싣고 팔러 가는 우리 할머니

우리 할머니, 꼭 나를 데리고
웃으면서 리어카 끌면 나는 밀고
폐지 사는 곳 향해 가는 우리 할머니

"할머니, 병은 소주 맥주 병만 받아요"
"오란씨 병, 와인 병, 뽕술 병…… 왜 안 받아요?"
병 판 돈 소복소복 모으시는 우리 할머니.

손예원(개봉초 5학년)

뿌리

문득 몰려오는
회오리바람에도
온 뿌리들 힘 모아
끙끙 힘을 써서
굳세게 태풍을 이겨 낸
우리나라 산속 나무들
우리나라 강가 풀잎들
그 억센 뿌리들의 힘.

이다경(개봉초 5학년)

100

푸른 꿈 칭칭 감는 담쟁이

소나무 칭칭 감고
솔잎 보며 꿈을 펴다

언제나 푸른 뜻에
칭칭
층층
오르면서

오늘도
푸른 꿈을
칭칭
높이높이
펴는 담쟁이.

깔딱고개

낮은 산이든
높은 산이든
산은 다 그래
등산길 그 어디든
깔딱고개 한두 개 있어
꾹 참고 끙끙 힘쓰며
이겨 내며 올라가야지

숨을 몰아쉬며
고개 헐떡거리며
오르노라면
땀 흘러내린다
흐를수록 몸 가벼워져
새처럼 날아가는가
푸른 잎 입에 물고.

사람 사는 길도 깔딱고개 한두 개쯤 있는 거야
위기는 기회라고 다짐하며
이 악물고
잘 참고 견디며 이겨내면
날개 하나 솟아날 거야.

빨리 나아 오래 살아요

담도암 수술 받고 퇴원한 우리 엄마
조금만 구부려도 아프다는 우리 엄마
수술 후 영양 섭취 못 해
샛노란 엄마 얼굴

무거운 것 나보다 못 들고 다니시고
걸을 때 나보다 느리게 걸으시며
순남아 찬찬히 가자야
아이처럼 걷는 엄마

어디 멀리 산속에서 혼자 살고 싶단 말씀
언제나 다 나아서 마음대로 걸어다니실까
오늘은 내가 대신 아플게
빨리 나아 오래 살아요.

김고운(개봉초 5학년)

손 흔드는 할아버지

4호선 혜화역에서 탄 전철
어느 할아버지 한 분도 타셨다

"꼬마야, 3호선 갈아타려면 어디서 내려야지?"
"충무로역에서 내려서 갈아타세요"

얼마쯤 달리다가 충무로역
"할아버지, 안녕히 가세요. 고속버스 터미널역은 잘 물어서
가세요"

언제까지나 손 흔들어 주시는 할아버지
나도 잘 가시라고 손 흔들었다
경남 남해안에서 오셨다는 그 할아버지
할아버지 안 보일 때까지 손 흔들었다
오늘 안으로 잘 도착하셨을까?

물오리

안양천 물 위
물오리 떼
꽁꽁 언 얼음 사이
물길 따라
스르르 물길 내며
내리는 햇살 칭칭 감으며
물속으로 잠수한다

물길 따라 피어나는
안양천의 물비늘 꽃
햇볕 따라 반짝이는
물오리의 물무늬 꽃
꺼꾸리 오리 궁둥이마다
흘러내리는
햇살 구슬

무지개 물감 풀어
― 산정호수에서

물속에서 꽃구름송이 몽글몽글 피어나는데
호숫물에 앉아 생각에 잠겨 있는 산봉우리

나무들
무지개 물감 풀어
물나라를 그린다

철렁!
물고기 한 마리 하늘 향해 솟구치는데
순간 물무늬 울려 퍼지며 메아리친다

또다시
고요 속에서
안개꽃이 피어난다.

변지민(개봉초 5학년)

고소한 밥주걱

밥을 지어 뜸이 들자
엄마는 밥 좀 퍼 보라 하신다
밥을 밥통에 푸고 밥그릇에도 폈다
밥주걱에 닥지닥지 붙은 밥
그냥 버릴 순 없었다
밥주걱 밥을 숟가락으로 긁어 먹기 시작했다
"엄마는 10년 넘게 밥주걱 긁어 먹어 왔단다
긁어 먹을수록 밥맛이 고소해 좋아야"
긁어 먹으니 정말 고소하고 더 맛있다
케이크보다 달콤하고 고소해 정말 맛있다
긁어 먹는 밥 이렇게 맛있는 줄 처음 알았다.

이사 가는 날

잠원동으로 이사가는 전날
"해솔이 내일 늦잠 자면 안 데리고 간다, 일찍 일어나야 해"
엄마 아빠의 단단한 다짐의 말에 놀란 해솔이
"할아버지, 어젯밤엔 새벽 3시에 일어나 못 잤어요"

초등학교 2학년 해솔이
이사 가는 전날 긴장해서 잠 못 자고
좋은 집 가려니 너무 행복해서 잠 못 자고
이사 가는 날엔 앉으면 눈을 감고 있다

이사 가는 날
엄마 아빠, 할머니 할아버지, 이삿짐 사람들
땀 흘리며 일하는 사이에도 눈을 감고 꿈나라 가려고
어린 해솔이가 너무도 귀엽다고 머리 쓰다듬어 준다
어린 해솔이도 이사의 부푼 꿈 밤새워 칭칭 감고 왔다.

마늘 까기

마늘 까는 엄마를 도와
나도 같이 마늘을 깐다

비닐 장갑 끼고 그 위에 목장갑 끼고
통마늘을 칼로 잘라 겉껍질을 한 겹씩 벗겨 내고
마늘 밑에 아직도 단단한 마늘 뿌리
새하얀 수염 같은 뿌리를 잘라 내야
마늘 낱개씩 들고 속껍질을 벗겨 내야
드디어 뽀오얀 속살의 마늘이 나온다
백 개 정도 까다 보면 겹겹 장갑 끼고 까도
엄지손가락이 얼얼 쓰라려져 온다
엄마도 손가락 아프고 얼얼하신지
순님아 쉬었다 다시 까자꾸나잉

힘들게 마늘 까시는 엄마를 도와
나도 같이 힘들게 마늘을 깐다.

이지선(개봉초 5학년)

악마

우리 누나
분당에서 직장 다니는 우리 누나
월세 얻어 살아가는 우리 누나

우리 누나 착한 누나
열심히 일하며 용돈도 잘 주는 우리 누나
그런데 어느 날 사는 집 보일러가 터졌단다

집주인에게 말했더니 두 달이 넘도록 안 고쳐 주고
고쳐 달라고만 하면 마구 큰 소릴 질러 댄단다
고장 난 보일러를 안 고쳐 주면 어떻게 해야 하나

나도 엄마 따라 누나 사는 집에 갔다
문에 들어서자마자 집주인 할머니 두 눈 부릅뜨더니
"고쳐 준다고 했잖아!" 악을 쓰며 큰 소릴 질러 댔다

아, 저런 사람이 악마로구나, 만화에서만 본

고함 지르다 누나를 때리더니 엄마까지 때린다
입을 크게 벌리고 지르는 소리 — 나는 악마다!

악마 때문에 스트레스 받아 괴롭다는 우리 누나
월세 얻어 열심히 살아가며 용돈 잘 주는 우리 누나
악마 없는 집으로 가서 행복하게 살아갔으면 좋겠다.

동시 속 그림

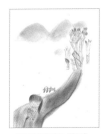

금지민(개봉초 6학년)

우성빈(개봉초 6학년)

김연성(개봉초 6학년)

서의정(개봉초 6학년)

김범준(개봉초 6학년)

박정현(개봉초 6학년)

김태곤(개봉초 6학년)

손아원(개봉초 6학년)

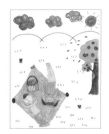

이수경(개봉초 5학년)

김가현(개봉초 6학년)

정지은(개봉초 5학년)

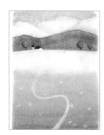

홍다언(개봉초 6학년)

박소영(개봉초 6학년)

김두곤(개봉초 6학년)

정용준(개봉초 6학년)

김지형(개봉초 6학년)

이윤서(개봉초 5학년)

오은지(개봉초 5학년)

하예인(개봉초 5학년)

오지윤(개봉초 5학년)

이하랑(개봉초 5학년)

권서현(개봉초 5학년)

변수민(개봉초 5학년)

송현진(개봉초 5학년)

박나림(개봉초 5학년)

고은수(개봉초 5학년)

손예원(개봉초 5학년)

이다경(개봉초 5학년)

김고운(개봉초 5학년)

변지민(개봉초 5학년)

이지선(개봉초 5학년)

푸른사상
동시선

35

사각사각 내려온다

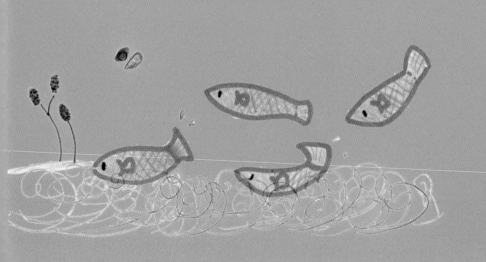

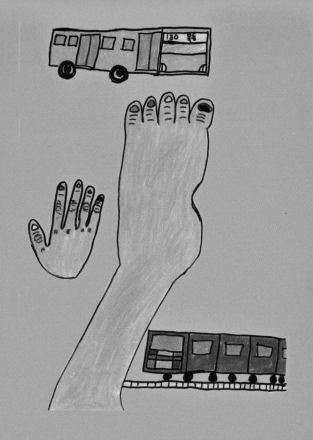